JN081739

魔術師

谷崎潤一郎＋しきみ

初出：「新小説」１９１７年１月

谷崎潤一郎

明治19年（1886年）東京生まれ。東京帝国大学国文科中退。在学中に同人雑誌「新思潮」（第二次）を創刊し、「刺青」などを発表する。代表作に、『痴人の愛』『春琴抄』『細雪』『陰翳礼讃』などがある。「乙女の本棚」シリーズでは本作のほかに、『秘密』（谷崎潤一郎＋マツオヒロミ）がある。

しきみ

イラストレーター。東京都在住。『刀剣乱舞』など、有名オンラインゲームのキャラクターデザインのほか、多くの書籍の装画やファッションブランドとのコラボレーションを手がけている。著書に『桜の森の満開の下』（坂口安吾＋しきみ）、『夢十夜』（夏目漱石＋しきみ）、『押絵と旅する男』（江戸川乱歩＋しきみ）、『猫町』（萩原朔太郎＋しきみ）、『獏の国』がある。

私があの魔術師に会ったのは、何処(いずこ)の国の何と云う町であったか、今ではハッキリと覚えていません。――どうかすると、それは日本の東京のようにも思われますが、或る時は又南洋や南米の殖民地であったような、或は支那か印度辺(へん)の船着場であったような気もするのです。とにもかくにも、それは文明の中心地たる欧羅巴(ヨーロッパ)からかけ離れた、地球の片隅に位(くらい)している国の都で、しかも極めて殷富(いんぷ)な市街の一廓の、非常に賑やかな夜の巷(ちまた)でした。しかしあなたが、その場所の性質や光景や雰囲気に関して、もう少し明瞭な観念を得たいと云うならば、まあ私は手短かに、浅草の六区に似ている、あれよりももっと不思議な、もっと乱雑な、そうしてもっと頽爛(たいらん)した公園であったと云っておきましょう。

もしもあなたが、浅草の公園に似ているという説明を聞いて、其処に何等の美しさをも懐しさをも感ぜず、むしろ不愉快な汚穢な土地を連想するようなら、それはあなたの「美」に対する考え方が、私とまるきり違っている結果なのです。私は勿論、十二階の塔の下に棲んでいる、“venal nymph”の一群をさして、美しいと云うのではありません。私の云うのは、あの公園全体の空気のことです。暗黒な洞窟を裏面に控えつつ、表へ廻ると常に明るい歓ばしい顔つきをして、好奇な大胆な眼を輝かし、夜な夜な毒々しい化粧を誇っている公園全体の情調を云うのです。善も悪も、美も醜も、笑いも涙も、すべての物を溶解して、ますます巧眩な光を放ち、炳絢（へいけん）な色を湛えている偉大な公園の、海のような壮観を云うのです。そうして、私が今語ろうとする或る国の或る公園は、偉大と混濁との点において、六区よりも更に一層六区式な、怪異な殺伐な土地であったと記憶しています。

浅草の公園を、鼻持ちのならない俗悪な場所だと感ずる人に、あの国の公園を見せたなら果して何と云うであろう。其処には俗悪以上の野蛮と不潔と潰敗とが、溝の下水の澱んだように堆積して、昼は熱帯の白日の下に、夜は煌々たる燈火の光に、恥ずる色なく発き曝され、絶えず蒸し蒸しと悪臭を醱酵させているのでした。けれども、支那料理の皮蛋の旨さを解する人は、暗緑色に腐り壊れた鶩の卵の、胸をむかむかさせるような異様な匂を掘り返しつつ、中に含まれた芳鬱な渥味に舌を鳴らすということです。私が初めてあの公園へ這入った時にも、ちょうどそれと同じような、薄気味の悪い面白さに襲われました。

何でもそれは初夏の夕べの、涼しい風の吹く時分だったでしょう。私がその町のとあるカフェエで、私の恋人と楽しい会合を果たした後、互いに腕を組み合って、電車や自動車や人力車の繁く往き交うアヴェニュウを、睦(むつま)じそうに散歩している最中でした。

「ねえあなた、今夜これから公園へ行って見ようではありませんか。」

と、彼の女が突然、あの妖艶な大きな瞳をぱっちりと開いて、私の耳元で囁いたのです。

「公園？　公園に何があるのさ。」

と、私は少し驚いて尋ねました。なぜと云うのに、私は今まで、その町にそんな公園のあったことを知らなかったのみならず、その時の彼の女の言葉には、何処となく胡散臭い調子が潜んでいて、云わば秘密な悪事でも唆かすように聞えたからです。

「だってあなたはあの公園が大好きな筈じゃありませんか。私は初めあの公園が非常に恐ろしかったのです。娘の癖にあの公園へ足を踏み入れるのは、恥辱だと思っていたのです。それがあなたを恋するようになってから、いつしかあなたの感化を受けて、ああいう場所に云い知れぬ興味を感じ出しました。あなたに会うことが出来ないでも、あの公園へ遊びに行けば、あなたに会っているような心地を覚え始めました。……あなたが美しいようにあの公園は美しいのです。あなたが物好きであるように、あの公園は物好きなのです。あなたはよもやあの公園を、知らない筈はないでしょう。」

「おお知っている、知っている。」と、私は思わず答えました。

そうして更にこう云いました。

「………彼処（あすこ）にはたしかいろいろな、珍しい見せ物があった筈だ。世界中の奇蹟という奇蹟のすべてが集まっていた筈だ。彼処には古代の羅馬（ローマ）に見るような、アムフィセアタアもあるだろう。スペインの闘牛もあるだろう。それよりももっと突飛な、もっと妖麗な、Hippodromeもあるだろう。それから私の大好きな、いとしい可愛いお前よりも尚大好きな活動写真があるだろう。そうして彼（あ）の、世界中の人間の好奇心を唆かしたFantomasやProteaよりも、もっと身の毛の竦（よだ）つようなフイルムの数々が白昼の幻の如くまざまざと映されているだろう。」

「私はこの間、彼処の活動写真館で、あなたが平生耽読している古来の詩人芸術家の、名高い詩篇や戯曲の映画を幾巻も幾巻も見せられました。ホオマアのイリアッドだの、ダンテの地獄の写真などは、あなたも多分御存じでしょう。しかしあなたは、支那小説の西遊記の、西梁女国(さいりょうじょこく)の艶魔の媚笑を御覧になったことがありましょうか。又アメリカのポオの作った、恐怖と狂想と神秘との、巧緻な糸で織りなされた奇(あや)しい幾個の物語が、フィルムの上に展開して、眼前に現われて来る凄(すさま)じさを、嘗て想像したことがあるでしょうか。“The Black Cat”の戦慄すべき地下室の情況や、“The Pit and the Pendulum”の暗澹たる牢獄の有様が、小説よりも更に無気味に、実際よりも更に鮮かに、強く明るく照し出される刹那の気持ちを味わって御覧なさい。しかもそれ等の幻燈劇を、黙って静かに見物している数百人の観客は、みんな悪夢に魘(うな)されたようにビッショリと冷汗を掻き、女は男の腕に絡まり男は女の肩にしがみ着いて、歯を喰いしばっておののきながら、一心に執拗に、昂奮した怯えた瞳を、映画の上へ注いでいるのです。彼等は折々、熱に浮かされた病人のような微かな嘆息を洩らすばかりで、咳一つ、眼瞬き一つしようとする者はいませんでした。そんなことをする隙のない程、彼等の魂は驚異に充たされ、彼等の体は硬直しているのです。たまたま餘りの明白さに堪えかねて、面を背けて逃げ出そうとする者があると、真暗な観客席の何処からともなく、気違いじみた、けたたましい拍手の声が起ります。すると拍手は忽ちの間に四方へ瀰漫し、内々浮き腰になっていた連中までが相和して、館の建物を震撼するような盛んな響きが、暫く場内にどよめき渡るのです。……………」

彼の女の語る挑発的な巧妙な舒述は、一言一句大空の虹の如く精細に、明瞭な幻影を私の胸に呼び起して、私は話を聴いているより、むしろ映画を見ているような眩ゆさを感じました。同時に私は、その公園へ今まで何度も訪れたことがあるらしく感ぜられました。少くとも彼の女が見物したというそれ等の幻燈の数々は私の心の壁の前に、妄想ともつかず写真ともつかず、折々朦朧と浮かび上って私の注視を促すことはしばしばあるのです。

「しかし恐らく彼（あ）の公園には、もっと鋭くわれわれの魂を脅かし、もっと新しくわれわれの官能を蠱惑（こわく）する物があるだろう。――物好きな私が、夢にも考えたことのない、破天荒な興行物があるだろう。私にはそれが何だか分らないが、お前は定めし知っているに違いない。」

「そうです。私は知っています。それはこの頃公園の池の汀（みぎわ）に小屋を出した、若い美しい魔術師です。」

と、彼の女は即座に答えました。

「私はたびたびその小屋の前を素通りしましたが、まだ一遍も中へ這入ったことがないのです。その魔術師の姿と顔とは、餘りに眩く美しくて、恋人を持つ身には、近寄らぬ方が安全だと、町の人々が云うのです。その人の演ずる魔法は、怪しいよりもなまめかしく、不思議なよりも恐ろしく、巧緻なよりも奸悪な妖術だと、多くの人は噂しています。けれども小屋の入口の、冷たい鉄の門をくぐって、一度魔術を見て来た者は、必ずそれが病み付きになって毎晩出かけて行くのです。どうしてそれ程見に行きたいのか、彼等は自分でも分りません。きっと彼等の魂までが、魔術にかけられてしまうのだろうと私は推量しているのです。――ですがあなたはその魔術師をまさか恐れはしないでしょう。人間よりも鬼魅(きみ)を好み、現実よりも幻覚に生きるあなたが、評判の高い公園の魔術を見物せずにはいられないでしょう。たとえいかなる辛辣な呪咀や禁厭(まじない)を施されても、恋人のあなたと一緒に見に行くのなら、私も決して惑わされる筈はありません。……」

「惑わされたら惑わされるがいいじゃないか。その魔術師がそんなに綺麗な男なら。」

私はこう云って、春の野に啼く雲雀のように、快濶な声でからからと笑いました。しかしその次ぎの瞬間には、ふと、胸の底に湧いて来た淡い不安と軽い嫉妬に裏切られて、早速言葉を荒らげずにはいられませんでした。

「それではこれからすぐ公園へ行って見よう。われわれの魂が魔法にかかるかかからないか、お前と一緒にその男を試してやろう。」

二人はいつか町の中央にある廣小路の、大噴水の滸をさまようていたのでした。噴水の周囲には、牛乳色の大理石の石垣が冠のような圓形を作って、一間毎に立っている女神の像の足下から、泉の水は淙々として溢れ膨らみ、絶えず大空の星を目がけて吹き上げながら、アーク燈の光のうちに虹霓となり雲霧となりつつ、夜の空気に潺湲と咽び泣いているのです。とある行路樹の、鬱蒼とした葉陰のベンチに腰を卸して、暫く街頭の人ごみを眺めていた私は、間もなく其処の雑沓に異常な現象が現われていることを発見しました。

町の四方から、その四つ辻の噴水に向って集まって来る四条（よすじ）の道路は、いずれも夕方のそぞろ歩きを楽しむらしい群衆に依って賑わっていますが、しかもそれ等の人々のほとんど全部は、一様に同じ方角を志しつつゆるくなだらかに流れて行くのです。南と北と西と東との道路のうち、南の一条（ひとすじ）を除く以外の三つの線を歩く者は、一旦悉く（ことごと）四つ辻の廣場に落ち合った後、今度は更に濃密な隊を作り、真黒な太い列を成して、南の口へぞろぞろと押して行きます。そうして今しも、噴水の傍のベンチに憩（いこ）うている私等二人は、云わば大河のまん中に停滞している浮き洲（うす）のように、独り静かに周囲から取り残されているのでした。

「御覧なさい。これ程多勢の人たちがみんな公園へ吸い寄せられて行くのです。――さあ、われわれも早く出掛けましょう。」

彼の女はこう云って、やさしく私の背中を擁して立ち上りました。二人はどんなに押し返されても別れ別れにならないように、鉄の鎖の断片の如く頑丈に腕を絡み合って、人ごみの内に交ったのです。

やや長い間、私は唯、無数の人間の雲の中を嫌応(いやおう)なしに進みました。行く手を眺めると、公園は案外近い所にあるらしく、燦爛(さんらん)としたイルミネエションの、青や赤や黄や紫の光芒が、人々の頭に焦げつく程の低空に、炎々と燃え輝いているのです。道路の両側には、青楼とも料理屋ともつかない三階四階の楼閣が並んで、花やかな岐阜提灯を珊瑚の根掛けのように連ねたバルコニイの上を見ると、酔いしれた男女の客が狂態の限りを尽して野獣のように暴れていました。彼等の或る者は、街上の群衆を瞰(み)おろして、さまざまの悪罵を浴びせ、冗談を云いかけ、稀には唾を吐きかけます。彼等はいずれも外聞を忘れ羞恥を忘れて踊り戯れ、馬鹿騒ぎの揚句には、蒟蒻(こんにゃく)のようにぐたぐたになった男だの、阿修羅のように髪を乱した女だのが、露台の欄杆から人ごみの上へ真倒(まっさかさ)まに落ちて来るのです。そうして見る見る野次馬のために、顔を滅茶滅茶に掻き挘(むし)られ、衣類をずたずたに引き裂かれて、或る者は悲鳴を放ちながら、或る者は絶息して屍骸のようになりながら、水に浮かぶ藻屑(もくず)の如く何処までも何処までも運ばれて行くのです。

私は、自分の前へ落ちて来た一人の男が、逆立ちになって二本の脛を棒杭のように突き出したまま、止めどもなく流れて行くのを見ていました。その男の足は、四方八方から現われて来る無頼漢の手に依って、最初に先ず靴を脱がされ、次にはズボンをぼろぼろに破られ、果ては靴足袋（くつたび）を剝ぎ取られて、打ったり抓（つね）ったりされるのでした。それから又、酒ぶくれに太った一人の女が、ジオヴァンニ、セガンティニの「淫楽の報い」という絵の中にある人物のような形をして、胴上げにされながら、「やっしょい、やっしょい」と担（かつ）がれて行くのも見物しました。

「この町の人たちは、みんな気が違っているようだ。今日は一体、お祭りでもあるのかしら。」

と、私は恋人を顧みて云いました。

「いいえ、今日ばかりではありません。この公園へ来る人は年中こんなに騒いでいるのです。始終このように酔払っているのです。この往来を歩いている人間で、正気な者はあなたと私ばかりです。」

彼の女は相変らずしとやかな、真面目な句調で、そっと私に告げました。どんな喧囂（けんごう）の巷に這入っても、どんな乱脈な境地にあっても、常に持ち前の心憎い沈着と、純潔な情熱とを失わない彼の女は、悪魔の一団に囲まれた唯一人（たった）の女神のように、清く貴く私の眼に映じたのです。私は彼の女の冴え冴えとした瞳を見ると、吹き荒（すさ）ぶ嵐の中に玲瓏（れいろう）と澄み渡った、鏡のような秋の空を連想せずにはいられませんでした。

二人は人波に揉まれ揉まれて、一尺の地を一寸ずつ歩く程にして、つい鼻先に控えている公園の入口へ、ようやく辿り着くまでに一時間以上も費したようでした。其処までぎっしりと密集して、巨大な蜈蚣の這うが如く詰め駈けて来た人々は、門内の廣場に達すると、やがて参々伍々に別れて、思い思いの方面へ散らばって行くのです。公園と云っても、見渡す限り丘もなく森もなく、人工の極致を悉した奇怪な形の大廈高楼が、フェアリー、ランドの都のように甍を連ね、幾百万粒の燭を点じて、巍々として聳えているのでした。廣場の中心に茫然と彳立したまま、その壮観を見渡した私は、先ず何よりも、天の半ばに光っているGrand Circusという廣告燈のイルミネエションに胆を奪われました。それは直径何十丈あるか分らない極めて尨大な観覧車の如きもので、ちょうど車の軸のところに、グランド、サアカスの二字が現れているのです。そうして、数十本の車の輻には、一面の電球が赫爍たる光箭を放ち、さながら虚空に巨人の花傘を拡げたような環を描いて、徐々に雄大に廻輾を続けています。

しかも一層驚くべきことは、素肌も同然な肉体に軽羅を纏うた数百人のチャリネの男女が、炎々と輝く火の柱に攀じ登りつつ、車の廻るに従って、上方の輻から下方の輻へと、順次に間断なく飛び移っている有様です。遠くからそれを眺めると、車輪全体へ鈴なりにぶら下っている人間が、火の粉の降るように、天使の舞うように、衣を翩々と翻して、明るい夜の空を翱翔しているのでした。

私の注意を促したのは、この車ばかりでなく、ほとんど公園の上を蓋(おお)うている天空のあらゆる部分に、奇怪なもの、道化たもの、妖麗なものの光の細工が、永劫に消えぬ花火の如く、蠢(うご)めき、閃(ひら)めき、のたくっているのを認めました。もしあの空の光景を、両国の川開きを歓ぶ東京の市民や、大文字山の火を珍らしがる京都の住民に見せたなら、どんなにびっくりすることでしょう。私がその時、ちょいと見渡したところだけでも、未だに忘れられない程の放胆な模様や巧緻な線状が、数限りなくあるのです。たとえて云えば、それは誰か、人間以上の神通力を具備している悪魔があって、空の帳(とばり)に勝手気儘な落書きを試みたとも、形容することが出来るでしょう。或は又、世界の最後の審判の日、Doom's Dayの近づいた知らせに、太陽が笑い月が泣き彗星が狂い出して、種々雑多な変化星(へんげぼし)が、縦柄無尽に天際(てんさい)を揺曳するのにも似ているでしょう。

私たちの立っている廣場は、正確な半圓形を形作って、その圓周の弧の上から、七条(しちじょう)の道路が扇の骨の如く八方へ展(ひら)いていました。七条のうちで最も廣い、最も立派なのは、まん中の大通りでした。何十軒何百軒あるか分らない公園の見せ物の中で、取り分け人気を呼んでいる小屋は大概其処にあるらしく、或は厳（いかめ）しい、或は危っかしい、或は頓興な、或は均整な、ありとあらゆる様式の建築物が、城砦（じょうさい）のように軒を並べ、参差（しんし）として折り重なっているのです。其処には日本の金閣寺風の伽藍（がらん）もあれば、サラセニックの高閣もあり、ピサの斜塔を更に傾けた突飛な櫓（やぐら）があるかと思えば、杯形に上へ行く程脹（ふく）らんでいる化物じみた殿堂もあり、家全体を人面に模した建物や、紙屑のように歪（ゆが）んだ屋根や、蛸（たこ）の足のように曲った柱や、波打つもの、渦巻くもの、鬱屈するもの、反（そ）り返るもの、千差万別の姿態を弄（ろう）して、或は地に伏し、或は天を摩（ま）しています。

「あなた……」

そうしてその時、私の愛らしい恋人は、こう云いかけて軽く私の袂（たもと）を引きました。

「あなたは何が珍らしくて、そんなに見惚（みと）れていらっしゃるの？この公園へはたびたびお出でになったのでしょう。」

「私は此処へ何度も来ている。」

そう云わなければ恥辱を受けるように感じて、私は惶（あわ）てて頷（うなず）きました。「……だがしかし、幾度来ても私は見惚れずにいられないのだ。それ程私はこの公園が好きなのだ。」

「まあ」と云って、彼の女はあどけなくほほ笑みながら、「魔術師の小屋は彼処(あすこ)にあるのです。さあ早く行きましょう。」と、左手を挙げて、その大通りの果てを指(ゆびさ)しました。

　廣場から大通りへ這入る口には、鎌倉の大佛程もある、真赤な鬼の首がわれわれの方を睨んでいました。鬼の眼にはエメラルド色の、濃緑色の電燈が爛々と燃えて、鋸(のこぎり)のような歯を露(あら)わして笑っています。ちょうどその歯の生えている上顎(うわあご)と下顎との間が、一箇のアーチになっていて、多勢の人は其処をくぐって行くのです。それでなくても、公園全体が溶礦爐の如く明るいのに、その大通りの明るさは又一段と際立(きわだ)って、一道の火気が鬼の口から烈々と噴(ふ)き出ています。私は恋人に促されてその火の中へ飛び込んだ時、さながら体が焦げるような心地を覚えました。

両側に櫛比している見世物小屋は、近づいて行くと更に仰山な、更に殺風景な、奇想的なものでした。極めて荒唐無稽な場面を、けばけばしい絵の具で、忌憚なく描いてある活動写真の看板や、建物毎に独特な、何とも云えない不愉快な色で、強烈に塗りこくられたペンキの匂や、客寄せに使う旗、幟、人形、楽隊、仮装行列の混乱と放埒や、それ等を一々詳細に記述したら、恐らく読者は竦然として眼を掩うかも知れません。私があれを見た時の感じを、一言にして云えば、其処には妙齢の女の顔が、腫物のために膿ただれているような、美しさと醜さとの奇抜な融合があるのです。真直ぐなもの、真ん圓なもの、平なもの、——凡て正しい形を有する物体の世界を、凹面鏡や凸面鏡に映して見るような、不規則と滑稽と胸悪さとが織り交っているのです。正直をいうと、私は其処を歩いているうちに、底知れぬ恐怖と不安とを覚えて、幾度か踵を回そうとしたくらいでした。

もしも彼の女が一緒でなかったら、私はほんとうに中途で逃げたかも分りません。私の心の臆するに従い、彼の女はますます軽快に、子供のような無邪気な足どりで、勇ましく進んで行くのでした。私が物に脅かされた怯懦な眼つきで、訴えるように彼の女の様子を窺うと、彼の女はいつも面白そうな、罪のない笑顔を見せてにこにこしているのです。

「お前のような正直な、柔和な乙女が、この恐ろしい街の景色を、どうして平気で見ていられるのだろう。」

私はしばしば、彼の女に尋ねようとして躊躇（ちゅうちょ）しました。けれども私が実際こういう質問を発したら、彼の女は何と答えたでしょう。「わたしが平気で居られるのは、あなたの感化だ。」と云うでしょうか。「わたしにはあなたという恋人があるためなのです。恋の闇路（やみじ）へ這入った者には、恐ろしさもなく恥かしさもない。」と云うでしょうか。――そうです。彼の女はきっとこれ等の言葉を答えるに違いないでしょう。彼の女はそれ程熱心に私を信じ、それ程純粋に私を愛しているのです。羊のように大人（おとな）しい、雪のように浄い彼の女が、この公園を喜ぶのは、たしかに私を恋している証拠なのです。私の趣味を自分の趣味とし、私の嗜好を自分の嗜好にしようと努めた結果なのです。世間の人は彼の女のことを、私のために堕落をしたと云うかも知れません。しかし彼の女の趣味や嗜好が如何程（いかほど）悪魔に近づいたにせよ、彼の女の心、彼の女の心臓はいまだに人間らしい温情と品威とを、失わずにいたのでした。

そう考えると、私は彼の女に感謝せずにはいられませんでした。私のような、世の中に何の望みもなく、唯美しい夢を抱いて国々を漂泊しながら、慵（ものう）く侘しく生きている人間が、貴い乙女の魂を征服していることを思うと、私は非常に勿体（もったい）ない心地がしました。

「私はとてもお前のような優(やさ)しい女子(おなご)の恋人になる資格はないのだ。お前は私と一緒になって、この公園へ遊びに来るには、餘りに気高い、餘りに正しい人間だ。私はお前に忠告する。お前のためには、二人の縁を切った方が、どんなに幸福だか分らない。私はお前が、こんな所へ平気で足を踏み入れる程、大胆な女になったかと思うと、自分の罪が空恐(そらおそ)ろしく感ぜられる。」

私は不意にこう云って、彼の女の両手を揃えたまま、往来に立ち竦(すく)んでしまいました。しかし彼の女はやっぱり平気で、にこやかに笑っているばかりです。自分の一身が、いかに忌まわしい滅亡の淵に臨んでいるかを、心付かない小児(こども)のように、朗かな瞳を開き、爽かな眉を示しているのです。私が同じ意味の言葉を再三再四繰返すと、

「私は覚悟しています。今更あなたに伺わないでも、私にはよく分っています。あなたと一緒に、こうしてこの町を歩いている今の私が、自分にはどんなに楽しく、どんなに幸福に感ぜられるでしょう。あなたが私を可哀そうだと思ったら、どうぞ私を永劫に捨てないで下さい。私があなたを疑わないように、あなたも私を疑わないでいて下さい。」

彼の女は相変らず機嫌のよい、小鳥のような麗（うらら）かな声で、ただ訳もなくこう云い捨ててしまいました。そうして、ふたたび私を促して、例の魔術師の小屋の前までやって来た時、

「さああなた、これから私たちは試しに行くのです。二人の恋と、魔術使（まじゅつつかい）の術と、孰方（どっち）が強いか試してやりましょう。私はちっとも恐くはありません。私は自分を堅く堅く信じていますから。」

と、私を激励するように幾度となく念を押しました。それ程までに突き詰めた、彼の女の真心のうるわしさを見せられては、たとえ私がいかに卑劣な、根性の腐った人間でも、どうして感奮せずにいられましょう。

「先（さっき）の言葉は私が悪かった。お前のような清い女が、私のような汚れた男と結び着くことになったのは、大方（おおかた）運命と云うものだろう。二人の体と魂とは、眼に見えぬ宿縁の鎖で、生れぬ前から一緒に縛られていたのだろう。お前は清い女のままで、私は汚れた男のままで、二人は永（とこし）えに愛し合うべき因果に支配されているのだ。——魔術師は愚か、どんなに不思議な、どんなに凄じい地獄へでも、私はお前を連れて行こう。お前でさえ恐くないと云うのに、何で私に恐いものがあるだろう。」

私はこう云って、彼の女の前に跪いて、神々しい白衣の裾に長い接吻を与えました。

魔術師の小屋のある所は、彼の女が云った通り、繁華な街区の果てにある物淋しい一廓でした。湧き返るような鬧嚷の巷から、急にうす暗い、陰気な地域へ出て来た私の神経は、鎮静するというよりも、却って一層の気味悪さに襲われて、不測の災に待ち受けられているような、疑心の昂まるのを覚えました。私は今まで、この公園には何等の自然的風致、――木とか森とか水とか云う物が、全く欠けていることを訝しんでいましたが、この一廓へ来た時に、初めてそれが幾分応用されているのを認めました。

しかし勿論、其処に使われている自然的要素は、決して自然の風致を再現するために塩梅せられるものではなく、むしろ飽くまでも人工を助け、その拗れた技巧の効果を補うための材料として、取り入れられているのでした。こう云ったらば或る読者は、「アルンハイムの領地」とか、「ランダアの小屋」とかいうポオの小説に描かれた園藝術を想像するかも知れませんが、私の云う人工的の山水は、あれよりももっと小細工を弄した、もっと自然に遠ざかった景色のように思われました。つまり、木だの、草だの、水だのを、アーチや看板や電燈などと全く同じに、或る建物を作り上げる道具の一種として、取り扱っているのです。其処にあるものは、縮小された自然、もしくは訂正された自然でなくて、山水の形を取った建築物だという方が、適当だかも知れません。森や林が、植物らしい溌溂とした生気を欠き、器用な模造品のような、誂え向きの線状をたっぷりと湛えて、庭というよりも芝居の道具立てに近い感じを起させます。絵の具の代りに木の葉を使い、波幕の代りに水を使い、張子の代りに丘を使ったというだけのことなのです。

その山水を、一個の舞台装置として評価すれば、たしかに凄惨な、特有な場面になっていて、到底自然の風致などの、企及し難い或る物を摑んでいました。其処では一本の樹木の枝、一塊の石の姿まで、幽鬱な暗示を含み、深遠な観念を表わすように配置され、吾人はそれが樹木であり、石であることを忘れるまでに、慄然たる鬼気を感ずるのです。読者は多分、ベックリンの描いた、「死の島」という絵のあることを御存知でしょう。そうして私が、現在説明しようとしている場面は、多少あの絵に似通った効果を、更に冷たく、更に晦(くら)く、更に寂寞たる物象に依って現わしているのでした。先ず第一に、私の神経を極端に脅かしたものは、あの一廓を屏風の如く囲繞(いじょう)して、黒く、唯(うずたか)く、矗々(ちくちく)と攢立(さんりつ)しているポプラアの林です。私がそれを林であると気がつくまでには、餘程の時間を要しました。なぜというのに、遠くから望むとそれはほとんど林と思えないくらい、不可解な恰好をしていたからです。たとえて見れば、ちょうど監獄署の塀のような、頭もなく足もなく、ただ真黒な平な壁が井戸側の如く圓く続いて、天(そら)に聳えているのです。

しかもだんだん精細に熱視すると、この蜿蜒たる塁壁の輪は、二匹の偉大な蝙蝠が、右と左に立ち別れつつ両方から暗澹たる翼を拡げて、手を握り合った形状を備えているのでした。注意すれば注意する程、蝙蝠の眼や耳や、手や足や、翼と翼との間隙などが、明瞭な輪廓を以て、障子へ映る影法師のように、ありありと、天地の間に塞がっているのです。それ故、この巧妙なSilhouetteが何で造られたものであろうか、私が判断に苦しんだのも無理がありません。一番最初は森に見え、その次ぎには壁に見え、その次ぎに蝙蝠に見え出したモンスタアが、実はやっぱり枝葉の繁った白楊樹の密林を、非常に大規模な、非常に精妙な技術に依って、怪物の姿に模したものだと分った時、私は一段の驚異と讃嘆とを禁じ得ませんでした。

「あなたは誰がこの森を設計したか御存知ないでしょう。これはあの魔術師が作ったのです。つい近頃、自分が勝手に植木屋を指図して、大木をどんどん運ばせて、僅かの間に植えさせてしまったのです。仕事に与(あずか)った多勢の人夫たちは、誰一人もこの森がどんな形に出来上るか、気が付いた者はいませんでした。彼等はただ魔術師の命ずるままに、一本一本樹を植えて行っただけでした。いよいよ森が出来上った時、魔術師は愉快そうに笑って、『森よ、森よ、お前は蝙蝠の姿になって、人間どもを威嚇してやれ。』と叫びながら、魔法杖を振り上げて大地を三度び叩きました。すると忽ち、其処に居合わせた人夫等は、自分たちが今まで夢中で拵えていた白楊樹の森が、偶然にも怪鳥の影法師に似ていることを発見したのです。それ以来、魔術師の評判は、この森の噂と共に、普(あまね)く街中へ廣まりました。或る人の説では、実際森が怪鳥の形を持っているのではなく、見る人の方が、そういう幻覚を起すのだと云います。しかしとにかく、魔術師の小屋へ行こうとして、此処を通りかかった者は、必ず常に影法師に脅されて、肌を冷やさずにはおりません。森が魔法にかけられているのか、見る人の方がかけられているのか、その秘密を知っているのは、ただ当人の魔術師ばかりです。」

こういう彼の女の物語を聞きながら、私はなおも瞳を凝らして、
附近一帯の風物を細やかに点検しました。

魔法の森――これは町の人が附けた名前なのです。――は、単に形態が妖怪じみているばかりでなく、空の中途に濃い高い帳(とばり)を繞(めぐ)らして、その圏内に包まれた区域を、公園全体の花やかな色彩から都合よく遮蔽し、闇と呪(のろい)とに充(み)たされた荒涼たる情景を作るのに、極めて主要な役目を勤めているのでした。森に取り巻かれた場所の廣さは、何でも不忍池(しのばずのいけ)ぐらいはあったでしょう。そうしてその大部分には、真暗な、腐った水のどんよりと澱(よど)んだ、じめじめとした沼が、氷のように冷かな底光りを見せて、一面に行き瀰(わた)っている様子でした。魔法の森で、自分の視覚を疑った私は、その沼に対しても、あんまり水面が静かであるためほんとうの水が湛えてあるのか、それともガラスが張ってあるのか、暫く断案を下すのに躊躇しました。実際、ガラス張りだと信ずることが可能な程、その水は磑々(がいがい)として動かず流れず、一つ所に凝り固まって、試しに石を投げ込んでも、戛々(かつかつ)と鳴って撥ね返りそうに思われました。この粛然とした「死」のように寂しく厳(いか)めしい沼の中頃に、島とも船とも見定め難い丘のような物が浮かんでいて、“The Kingdom of Magic” と微かに記した青い明りが、たった一点、常住の暗夜を照らす星の如く、頂きの尖(とが)った所に灯されています。

「丘のような物」が何であるかは、今少し精しく説明する必要がありますが、それはあたかも地獄の絵にある針の山に酷似した、突兀たる巌石の塊なのです。三角形の、矛のように鋭い岩が磊々と積み重なって、草もなく木もなく家もなく、黙然と蟠まっているのです。ただこれだけで、「魔術の王国」という看板はあるものの、その王国が何処にあるのやらさっぱり分りません。

「あそこです。――あそこが小屋の入口です。」

と云って、彼の女が指さした方を見ると、成る程看板の辺に、岩と岩との間に挟まった、小さな、窮屈な、鉄の門らしいものがありました。そうして私たちの立っている沼の滸から、一条の細長い危っかしい仮橋が、この門の前までかかっているのです。

「だが彼の門は堅く締まっているようだ。見物人の出這入りする風もなければ、人間らしい声というものがまるきり聞えない。あれでも魔術をやっているのかしら。」

私は独り言のように云うと、彼の女は直ぐに頷きました。

「そうです。今が大方、魔術の始まっている最中でしょう。あの魔術師は普通の手品使いと違って、演技の半ばに囃しを入れたり、拍手を求めたりしないそうです。それ程魔術が深刻で、敏速だという話です。見物のお客も一様に固唾を呑んで、ほとんど総身へ水をかけられたような気持ちになって、時々こっそりと溜息を洩らすばかりだと云います。あの静かさから推量すると、今がきっと演技の最中に違いありません。」

こう云った彼の女の声は、抑え切れない恐怖のためか、それとも怪しい昂奮のためか、例になく皺嗄れて顫えているようでした。二人はそれ切り黙り込んで、島に通ずる仮橋を渡り始めました。門を這入って僅かに五六歩進んだ時、今まで陰惨な暗黒の世界に馴れていた私の瞳は、俄かに満場の眩い光線に射竦められて、ぐりぐりと抉られるような痛みを覚えました。あの、磊々たる土塊の外見を持っていた魔術の王国は、意外にも金壁燦爛たる大劇場の内部を備えて、柱や天井に隙間なく施された荘厳な装飾が、熀々とした電燈に映じて眼の醒めるように輝いているのです。そうして場内のあらゆる坐席は、土間も二階三階も、ぎっしりと塞がって、身動きも出来ない大入でした。観客のうちには、支那人だの、印度人だの、欧羅巴人だの、種々雑多な服装をしたすべての人種が網羅されていましたが、なぜか日本人らしい風俗の者は、われわれ以外に一人も見当りませんでした。

それから又、特等席のボックスには、この都の上流社会の、公園などへ容易に足を踏み入れる筈のない、紳士や貴婦人のきらびやかな一団が並んでいました。彼等の婦人の或る者は、由緒ある身の外聞を憚るためか、回々教徒の女人のような覆面をして、人影に肩をすぼめていましたけれど、なおかつ舞台に注がれた二つの瞳には、秘密を裏切る品威と情慾との、鮮やかな色が現れているのでした。紳士の中にはこの国の大政治家や、大実業家や、藝術家や宗教家や道楽息子や、いろいろの方面で名を知られた男たちが交っていました。私は彼等の多くの顔を、嘗て幾度も写真で見たことがあるように感じました。彼等の或る者はナポレオンに似、又或る者はビスマルクに似、或る者はダンテのような、或る者はバイロンのような輪廓を備えているのでした。其処にはネロもソクラテスもいたでしょう。ゲェテもドン、ファンもいたでしょう。私は彼等が、どうしてこんな魔の王国に来ているのか、その理由を直ちに解釈することが出来ました。聖人でも暴君でも詩人でも学者でも、みんなやっぱり「不思議」というものに惹き寄せられる心を持っているのです。

彼等は或いは研究のため、経験のため、布教のために来たのだと云うでしょう。ひょっとすると、彼等は自分でもそう信じているでしょう。しかし私に云わせると、彼等の魂の奥底には、程度こそ違え、私が感ずると同じような美を感じ、私が夢(ゆめみ)ると同じような夢を夢(ゆめみ)る素質が潜んでいるのです。彼等はただ、私のようにそれを意識し、もしくは肯定しないだけの相違なのです。——私は何ということもなく、こんな風に考えました。

私と彼の女とは、支那人の辮髪（べんぱつ）だの、黒人の頭帕（タアバン）だの、婦人のボンネットだのが、紅蓮白蓮（ぐれんびゃくれん）の波打つように錯綜している土間の椅子場に分け入って、辛うじて二つの席に坐を占めました。舞台と私たちとの間には、少くとも五六行の椅子が列（なら）んでいて、その大部分には、瀟洒（しょうしゃ）たる初夏の装いを凝らした欧洲種の若い女等が、肉附のいい清らかな項（うなじ）を揃えて、白鳥のように群っているのでした。私の視線はこれ等の幾層にも重なり合った女の肩を打ち超えて、その向うにある舞台の上に注がれたのです。

舞台の背景には、一面に黒幕が垂れ下って、中央の一段高い階段の上に、素晴らしく立派な、玉座の如き席が設けてありました。これがいわゆる「魔術のキングドム」の王の拠（よ）る可（べ）き席なのでしょう。其処には生きた蛇の冠を頭に戴き、羅馬（ローマ）時代の袍衣（トーガ）を身に着けて、黄金の草鞋（サンダル）を穿（は）いた極めて年若な魔術師が、端然として腰掛けているのです。階段の下の、玉座の右と左とは、三人ずつの男女の助手が、奴隷のように畏まり、足の裏を観客の方へ曝（さら）して、さも賤（いやし）げに額（ぬか）づいています。舞台の装置と人物とは、纔（わず）かにこれだけの、簡単過ぎたものでした。

私は上着のポケットを捜って、門を這入る時に渡されたプログラムを開けて見ましたが、それには大凡そ二三十種の演技の数が記してあって、孰れもこれも悉く前古未曾有な、驚天動地の魔術であるらしく想像されました。最も私の好奇心を煽った二三番の例を挙げれば、第一にメスメリズムというのがあります。これは小書きの説明に依ると、場内の観客全体に催眠作用を起させるので、劇場内のあらゆる人間が、魔術師の与える暗示の通りに錯覚を感ずるのです。たとえば魔術師が、「今は午前の五時だ。」と云えば、人々は爽かな朝の日光を見、自分たちの懐中時計がいつの間にやら五時を示していることに気が付きます。その外「此処は野原だ。」と云えば野原に見え、「海だ。」と云えば海に見え、「雨だ。」と云えば体がビショビショと濡れ始めます。次ぎに恐ろしいのは「時間の短縮」という妖術です。魔術師が一箇の植物の種子を取って土中に蒔き、徐ろに咒文を唱えると、十分間にそれが芽を吹き茎を生じて花を咲かせ実を結ぶのです。しかもその植物の種子は、観客の力で勝手な物を何処からでも択んで来ることを望むばかりか、亭々として雲を凌ぐような高い幹でも、鬱蒼として天を蔽うような繁った葉でも、十分間に必ず発育させると云うのです。

それに似たのでもっと不気味なのは、「不思議な妊娠」と題せられた演技でした。これも同じく呪文の力で、十分間に一人の婦人を妊娠させ分娩させるのだそうです。この魔法に使われる婦人は、多くの場合「王国」の奴隷の女ですが、もしも見物人の内に有志の婦人があってくれれば、更に有り難いと書いてあります。以上の例を読んだだけでも、読者はいかにこの魔術師が、凡庸の手品使いと類を異にしているか、了解することが出来るでしょう。

　しかし非常に残念なことには、私が入場した折には、既にプログラムの大部分が演了せられて、纔かに最終の一番を剰している所でした。私たちが席へ就いてから間もなく、玉座に据わっていた彼の魔術師は、やおら立上って舞台の前面に歩み出で、子供のように顔を赧らめながら、可愛らしい、羞恥を含んだ低い声音で、今から取りかかる魔法の説明を試みました。

「………さて、今晩の大詰の演技として、私は茲（ここ）に最も興味ある、最も不可解な幻術を、諸君に御紹介したいと思います。この幻術は、仮りに『人身変形法』と名づけてありますが、つまり私の呪文の力で任意の人間の肉体を、即座に任意の他の物体――鳥にでも虫にでも獣にでも、もしくは如何なる無生物、たとえば水、酒のような液体にでも、諸君のお望みなさる通りに変形させてしまうのです。或は又、全身でなくとも、首とか足とか、肩とか臀（しり）とか、ある一局部だけを限って、変形させることも出来ます………。」

私は、魔術師が諄々（じゅんじゅん）として語り続ける滑かな言葉よりも、むしろ彼の艶冶（えんや）な眉目と阿娜（あだ）たる風姿とに心を奪われ、いつまでもいつまでも恍惚として、眼を睜（みは）らずには居（お）られませんでした。彼が超凡の美貌を備えていることは、前から聞いていたのですが、それにしても私は今、話に依って豫想していた彼の顔立ちと、実際の輪廓とを比較して、美しさの程度に格段の相違があるのを認めました。

就中、一番私の意外に感じたのは、うら若い男子だとのみ思っていたその魔術師が、男であるやら女であるやら全く区別の付かないことです。女に云わせれば、彼は絶世の美男だと云うでしょう。けれども男に云わせたら、或は曠古の美女だと云うかも知れません。私は彼の骨格、筋肉、動作、音声の凡ての部分に、男性的の高雅と智慧と活溌とが、女性的の柔媚と繊細と陰険との間に、渾然として融合されているのを見ました。たとえば彼の房々とした栗色の髪の毛や、ふっくらとした瓜実顔の豊頬や、真紅な小さい唇や、優婉にしてしかも精悍な手足の恰好や、それ等の一点一劃にも、この微妙なる調和の存在している工合は、ちょうど十五六歳の、性的特長がまだ充分に発達し切らない、少女或は少年の体質によく似ていました。それから彼の外見に関するもう一つの不思議は、彼が一体、何処に生れた如何な人種であろうかという問題です。これは恐らく、誰しも彼の皮膚の色を見た者には当然起る可き疑いで、その男――だか女だかは、決して純粋の白人種でも、蒙古人種でも、黒人種でもないのです。強いて比較を求めたなら、彼の人相や骨格は、世界中での美人の産地と云われているコウカサスの種属に、いくらか近い所があるかも知れません。

けれどももっと適切に形容すると、彼の肉体はあらゆる人種の長所と美点ばかりから成り立った、最も複雑な混血児であると共に、最も完全な人間美の表象であると云うことが出来ます。彼は誰に対しても常にエキゾティックな魅力を有し、男の前でも女の前でも、擅（ほしいまま）に性的誘惑を試みて、彼等の心を蕩（とろ）かしてしまう資格があるのです。

「………ところで私は、あらかじめ皆さんに御相談をして置きますが………」

と、魔術師はなおも言葉を続けました。

「私は先ず試験的に、此処に控えている六人の奴隷を使用して、彼等を一々変形させて御覧に入れます。しかし私の妖術のいかに神秘な、いかに奇蹟的なものであるかを立証するため、私は是非とも満場の紳士淑女が、自ら奮って私の魔術にかかって頂くことを望みます。既に私がこの公園で興行を開始してから、今晩で二た月餘りになりますが、その間毎夜のように観客中の有志の方々が、常に多勢、私のために進んで舞台へ登場され、甘んじて魔術の犠牲となって下さいました。犠牲——そうです。それはたしかに犠牲です。貴き人間の姿を持ちながら、私の法力に弄（もてあそ）ばれ、犬となり豚となり、石ころとなり糞土（ふんど）となって、衆人環視のうちに恥を曝す勇気がなければ、この舞台へは来られない筈です。にも拘らず、私は毎夜観客席に、奇特（きとく）な犠牲者を幾人でも発見することが出来ました。中には身分の卑しからぬ貴公子や貴婦人なども密かに犠牲者の間へ加わっておられるという噂を聞きました。それ故私は、今夜も亦例に依って、沢山の有志家が続々と輩出せられることを信じ、且つ誇りとしている次第なのです。」

こう云った時、青白い魔術師の顔にはさも得意気な凄惨な微笑(ほほえ)みが浮かびました。しかも多くの見物人は、彼の不敵な弁舌を聴き、傲慢な態度に接すれば接する程、だんだん彼に魂を惹き付けられ、征服されて行くような心地がするのです。

やがて魔術師は、その時まで玉座の前に跪いて、彫刻の群像の如く平伏していた奴隷の中から、一人の可憐な美女(たおやめ)を麾(さしまね)くと、彼の女は夢遊病者の如くよろよろとして魔術師の前に歩み出で、再び其処に畏まりながら、糸の弛(ゆる)んだ操つり人形のように、ぐたりと頭(こうべ)を項垂(うなだ)れました。

「お前は私の奴隷のうちでも、一番私の気に入った、一番可愛らしい女だ。もう五六年、お前が辛棒してさえいれば、私はきっとお前を立派な魔術師にさせてやる。人間は勿論、神でも悪魔でも及ばないような、世界一の魔法使いにさせてやる。お前はさぞかし、私の家来になったことを幸福に感じているだろう。人間界の女王になるより、魔の王国の奴隷になる方が、遙かに幸福なことを悟っただろう。」

魔術師は、床（ゆか）に垂れた彼の女の長い髪の毛を、自分の足に踏み敷きながら、反り身になって直立したまま、こんな文句を厳かに云い渡して、

「さあ、これからいつもの変形術を行うのだが、お前は今夜は何になりたい？　私はお前が知っている通り、非常に慈悲深い王様だ。何でもお前の望みのままにさせてやるから、好きな物を言うがいい。」

と、あたかも歓ばしい恩寵を授けるような句調で云いました。

その時、まるで石膏の如く硬張(こわば)っていた女人(にょにん)の全身は、忽ち電流を感じたようにもくもくと顫(ふる)え始めたかと思うと、氷の融けた河水の如く彼の女の唇も動き始めて、

「ああ王様、有り難うございます。私は今夜美しい孔雀(くじゃく)になって、王様の玉座の上に輪を描きつつ、飛び廻りとうございます。」

と、婆羅門(ばらもん)の行者が祈禱するように、両手を高く天に掲げて合掌するのです。

魔術師は機嫌よく打ち頷いて、直ちに口の内で呪文を唱え出しました。十分間という話でしたが、彼の女の五体が全く孔雀の羽毛に蔽われてしまうまでには、五分もかからなかったでしょう。そうして残りの五分間に、肩から上の人間の部分が、次第に孔雀の首に変って行くのでした。この、後の五分間の始まりに、まだうら若い女の顔を持った孔雀が、さも嬉しげな瞳を挙げてほほ笑みつつ、次ぎにはうっとりと眼を眠って眉根を寄せ、だんだん切ない鳥の頭に推移しようとする過程が、すべてのうちで最も詩的な光景のように感ぜられました。かくて十分間の終り目に、一羽の孔雀と化し去った彼の女は、颯爽たる羽ばたきの音を立てて飄（ひょう）颻（ひょう）と舞い上り、観客席の天井を二三回翔（あまがけ）って、玉座の傍（かたわら）に飛び帰るや否や、一朶（いちだ）の錦雲（きんうん）の地に落つる如く、階段の中途にしずしずと降（くだ）って、さっと綵扇（さいせん）を開いたように尻尾（しりお）を一杯に拡げました。

残りの五人の奴隷たちも、順々に魔王の前へ麾かれて、一人一人矢継ぎ早やに妖術を施されて行くのです。三人の男の奴隷のうち、一人は豹の皮となって、王様の玉座の椅子に敷かれたいと云いました。二人は二本の純銀の燭台となって、階段の左右を照らしたいと云いました。最後に二人の女奴隷は、二匹の優しい蝶々と化して、身も軽々と王様のお姿に附き纏いたいと云うのでした。そうしてそれ等の五人の願いは、即座に聴き届けられたのです。

この、破天荒な妙技の数々を眼前に眺めた満場の観客は、震駭の餘り鳴りを静めて、自分で自分の視覚の作用を疑いながら、茫然自失するばかりでした。殊に第一の男の奴隷が、魔術師の杖に叩かれて煎餅のように薄くなり、やがて美しい豹の皮に変ろうとする一刹那の、苦しい呻き声を聞かされた瞬間に、私は自分の前に腰かけた一人の女が、慄然として面を蔽いつつ連れの男に抱き着いたのを認めました。

「どうですか皆さん、………誰方か犠牲者になる方はありませんか。」

と、魔術師は前よりも一層勝ち誇った態度を示して、身辺に飛び交う二匹の蝶を追いやりながら、舞台の上を往ったり来たりしているのです。

「……皆さんは魔の王国に捕虜となることを、そんなに気味悪く思うのですか。人間の威厳や形態というものに、それ程執着する値打ちがあると思うのですか。あなた方は、私のために変形させられた奴隷たちの境遇を、浅ましいものの哀れなものと考えるかも知れません。しかし彼等の外見は、たとえ蝶々であり孔雀であり、豹の皮であり燭台であっても、彼等は未だに人間の情緒と感覚とを失わずにいるのです。そうして彼等の胸の中（うち）には、あなた方の夢にも知らない、無限の悦楽と歓喜とが溢れ漲っているのです。彼等の心境が如何に幸福を感じているかは、一遍私の魔術を試したお方には、大概お分りであろうと思います……。」

　魔術師がこう云って場内の四方を見廻すと、人々は彼の瞳に睨まれて催眠術にかけられることを恐れたのか、皆一度に肩を縮めて膝に突伏（つっぷ）してしまいました。すると忽ち、さやさやと鳴る衣擦（きぬず）れの音に連れて、土間の一隅から舞台の方へ歩いて行く微かな女の靴の響きが、深い沈黙の底を破って聞えたのです。

「……魔術師よ、お前は私を定めて覚えているだろう。私はお前の魔術よりも、お前の美貌に迷わされて、昨日も今日も見物に来ました。お前が私を犠牲者の中(うち)へ加えてくれれば、それで私は自分の恋がかなったものだとあきらめます。どうぞ私を、お前の足に穿(は)いている金の草鞋(サンダル)にさせて下さい。」

こういう声に誘われて、おずおずと顔を擡(もた)げた私は、先刻特等席にいた覆面の婦人が、殉教者の如くひれ伏して、魔術師の前に倒れているのを見出しました。

魔術師の魅力に惑わされて、舞台へふらふらと進み出た男女は、覆面の婦人の後(あと)にも数十人ありました。そうして、ちょうど二十人目の犠牲者となる可く、夢中で席を離れたのはかく云う私自身でした。

あの時、私の恋人は、私の袖をしっかりと捕えて、涙をさめざめと流して云いました。

「ああ、あなたはとうとう魔術師に負けてしまったのです。私のあなたを恋する心は、あの魔術師の美貌を見ても迷わないのに、あなたは彼（あ）の人に誘惑されて、私を忘れてしまったのです。私を捨てて、あの魔術師に仕えようとなさるのです。あなたは何という意気地のない、薄情な人間でしょう。」

「私はお前の云う通り、意気地のない人間だ。あの魔術師の美貌に溺れて、お前を忘れてしまったのだ。成る程私は負けたに違いない。しかし私には、負けるか勝つかということよりもっと大切な問題があるのだ。」

こう云う間も、私の魂は磁石に吸われる鉄片のように、魔術師の方へ引き寄せられているのでした。

「魔術師よ、私は半羊神（ファウン）になりたいのだ。半羊神（ファウン）になって、魔術師の玉座の前に躍り狂っていたいのだ。どうぞ私の望みをかなえて、お前の奴隷に使ってくれ。」

私は舞台に駈け上って、譫言（うわごと）のように口走りました。

「よろしい、よろしい、お前の望みは如何にもお前に適当している。お前は初めから、人間などに生れる必要はなかったのだ。」

魔術師がからからと笑って、魔法杖で私の背中を一と打ち打つと、見る見る私の両脚には鬖々たる羊の毛が生え、頭には二本の角が現れたのです。同時に私の胸の中には、人間らしい良心の苦悶が悉く消えて、太陽の如く晴れやかな、海の如く廣大な愉悦の情が、滾々として湧き出でました。

暫くの間、私は有頂天になって、嬉し紛れに舞台の上を浮かれ廻っていましたが、程なく私の歓びは、私の以前の恋人に依って妨害されました。

私の跡を追いかけながら、惶てて舞台へ上って来た彼の女は、魔術師に向ってこんなことを云ったのです。

「私はあなたの美貌や魔法に迷わされて、此処へ来たのではありません。私は私の恋人を取り戻しに来たのです。彼(あ)の忌まわしい半羊神(ファウン)の姿になった男を、どうぞ直ちに人間にして返して下さい。それとももし、返す訳に行かないと云うなら、いっそ私を彼(あ)の人と同じ姿にさせて下さい。たとえ彼(あ)の人が私を捨てても、私は永劫に彼(あ)の人を捨てることが出来ません。彼(あ)の人が半羊神(ファウン)になったら、私も半羊神(ファウン)になりましょう。私は飽くまで、彼(あ)の人の行く所へ附いて行きましょう。」

「よろしい、そんならお前も半羊神(ファウン)にしてやる。」

この魔術師の一言と共に、彼の女は忽ち、醜い呪(のろわ)しい半獣の体に化けたのです。

そうして、私を目がけて驀然と走り寄ったかと思うと、いきなり自分の頭の角を、私の角にしっかりと絡み着かせ、二つの首は飛んで跳ねても離れなくなってしまいました。

※本書には、現在の観点から見ると差別用語と取られかねない表現が含まれていますが、原文の歴史性を考慮してそのままとしました。

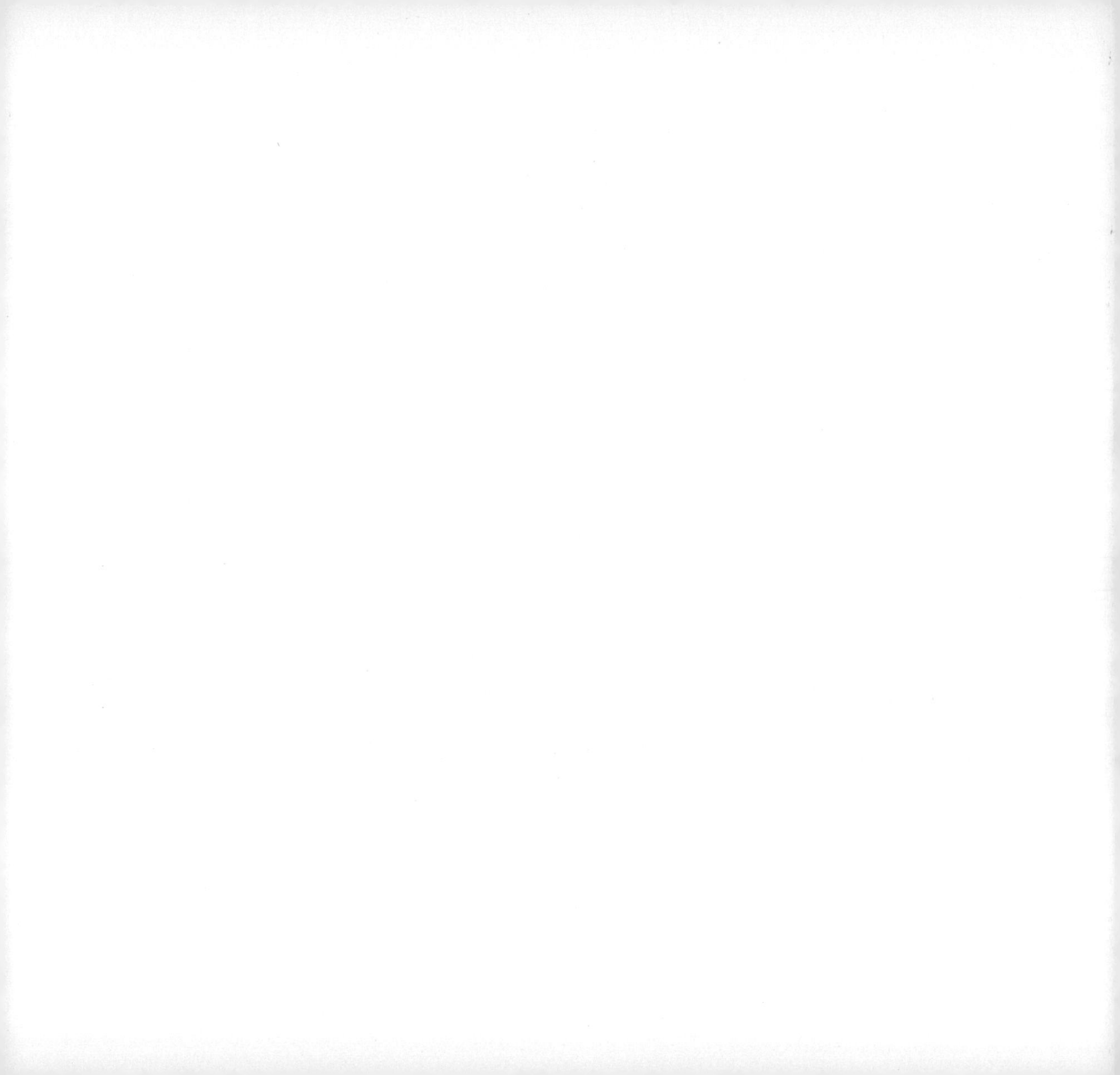

乙女の本棚シリーズ

この美しい、
楽しい島は
もうスッカリ地獄です。

浜辺に流れ着いた3通の手紙。
そこには、
遭難した兄妹の無人島での
生活が綴られていた。

『瓶詰地獄』
夢野久作＋ホノジロトヲジ

私の心の上には、
切ないほどはっきりと、
この光景が焼きつけられた。

横須賀線に乗った私。
発車間際に乗り込んできた
小娘と2人きり、
汽車は動き出すのだが……。

『蜜柑』
芥川龍之介＋げみ

こんな夢を見た。

10の夢によって構成される、
超有名作家による幻想的な奇譚。

『瓶詰地獄』
夏目漱石＋しきみ

でも、貴下は、貴下は、
私を知りますまい！

外科室での手術で
麻酔を拒否する夫人。
その視線の先には、
外科医・高峰がいた。

『外科室』
泉鏡花＋ホノジロトヲジ

赤とんぼは、
かあいいおじょうちゃんの
赤いリボンに
とまってみたくなりました。

誰もいない別荘。
そこに引っ越してきた少女は、
1匹の赤とんぼと出会った。

『赤とんぼ』
新美南吉＋ねこ助

いっそこのまま、
少女のままで
死にたくなる。

東京に暮らす1人の少女。
彼女のある1日の心の動きを描く。

『女生徒』
太宰治＋今井キラ

猫、猫、猫、猫、猫、猫、猫。
どこを見ても猫ばかりだ。

温泉に滞留していた私は、
あるとき迷子になり、
見知らぬ町に辿りつくが、
そこは不思議な光景が広がっていた。

『猫町』
萩原朔太郎＋しきみ

桜が散って、このように
葉桜のころになれば、
私は、きっと思い出します。

島根の城下まちに暮らす姉妹。
病気の妹は、ある秘密を抱えていた。

『葉桜と魔笛』
太宰治＋紗久楽さわ

その檸檬の冷たさは
たとえようもなく
よかった。

あてもなく京都をさまよっていた
私は、果物屋で買った檸檬を手に
丸善へと向かうが……。

『檸檬』
梶井基次郎＋げみ

「あれらは、
生きて居りましたろう」

蜃気楼を見に行った帰り、
私は汽車のなかで押絵を持った
男と出会った。
男は、その押絵について
語り始め……。

『押絵と旅する男』
江戸川乱歩＋しきみ

私はひそかに鏡台に向って
化粧を始めた。

夜な夜な女装をして出歩く「私」は、
ある夜、昔の女と再会する。
そして彼女との
秘密の逢い引きがはじまった。

『秘密』
谷崎潤一郎＋マツオヒロミ

私の魂は磁石に吸われる
鉄片のように、魔術師の方へ
引き寄せられているのでした。

初夏の夕べ、恋人と公園へ行った私は、
そこに小屋を出している
若く美しい魔術師に出会った。

『魔術師』
谷崎潤一郎＋しきみ

私の膝の上には、
いろいろな人が入りかわり
立ちかわり、
腰をおろしました。

作家である佳子に届いた１通の手紙。
「奥様」と始まるその文章には、
ある椅子職人の生活が綴られていた。

『人間椅子』
江戸川乱歩＋ホノジロトヲジ

月の光は、うす青く、
この世界を照らしていました。

月のきれいな夜。
おばあさんの家にやってきた、
２人の訪問者。

『月夜とめがね』
小川未明＋げみ

好きなものは呪うか殺すか
争うかしなければならないのよ。

師匠の推薦で、夜長姫のために
仏像を彫ることになった耳男。
故郷を離れ姫の住む村へ
向かった彼を待っていたのは、
残酷で妖しい日々だった。

『夜長姫と耳男』
坂口安吾＋夜汽車

桜の森の満開の下の秘密は
誰にも今も分りません。

鈴鹿峠に住む山賊は、
新しい女房をさらってきた。
だが、彼女はどうも他の女たちとは
違っていて、彼のことを恐れず、
そればかりか……。

『桜の森の満開の下』
坂口安吾＋しきみ

「私の運命を決定て下さい」

浦塩の町で、
１人の男が話しかけてきた。
彼が語るのは、
兵隊時代の話と、それにまつわる
「死後の恋」についてであった。

『死後の恋』
夢野久作＋ホノジロトヲジ

「その声は、我が友、
李徴子ではないか？」

袁傪は旅の途中、
旧友の李徴と再会した。
だが美少年だった李徴は、
変わり果てた姿になっていた。

『山月記』
中島敦＋ねこ助

全て定価：本体1800円+税

魔術師

2020年12月10日　第1版1刷発行
2023年 2月10日　第1版2刷発行

著者　谷崎 潤一郎
絵　しきみ

発行人　松本 大輔
編集人　野口 広之
編集長　山口 一光
デザイン　根本 綾子(Karon)
担当編集　切刀 匠

発行：立東舎
発売：株式会社リットーミュージック
〒101-0051 東京都千代田区神田神保町一丁目105番地

印刷・製本：株式会社広済堂ネクスト

【本書の内容に関するお問い合わせ先】
info@rittor-music.co.jp
本書の内容に関するご質問は、Eメールのみでお受けしております。
お送りいただくメールの件名に「魔術師」と記載してお送りください。
ご質問の内容によりましては、しばらく時間をいただくことがございます。
なお、電話やFAX、郵便でのご質問、本書記載内容の範囲を超えるご質問につきましてはお答えできませんので、
あらかじめご了承ください。

【乱丁・落丁などのお問い合わせ】
service@rittor-music.co.jp

Printed in Japan　ISBN978-4-8456-3563-4
定価 1,980円(1,800円+税10%)